ÁGUA NA BOCA

De Andrea Camilleri:

Um fio de fumaça

A ópera maldita

Por uma linha telefônica

Temporada de caça

Andrea Camilleri
Carlo Lucarelli

Água na boca

Tradução
Joana Angélica d'Avila Melo

BERTRAND BRASIL
Rio de Janeiro | 2013

Publicado mediante contrato com Agenzia Letteraria Roberto Santachiara

Título original: *Acqua in Bocca*

Capa: Rodrigo Rodrigues

Foto de capa: bluehand/Shutterstock

Editoração: FA Studio

Texto revisado segundo o novo
Acordo Ortográfico da Língua Portuguesa

2013
Impresso no Brasil
Printed in Brazil

Cip-Brasil. Catalogação na fonte
Sindicato Nacional dos Editores de Livros-RJ.

C19a Camilleri, Andrea, 1925-
Água na boca / Andrea Camilleri, Carlo Lucarelli; tradução Joana Angélica d'Avila Melo – Rio de Janeiro: Bertrand Brasil, 2013.
108p.: 21 cm

Tradução de: Acqua in bocca
ISBN 978-85-286-1706-1

1. Ficção italiana. I. Lucarelli, Carlo, 1960- II. D'Avila Melo, Joana Angélica. III. Título.

CDD: 853
13-1710 CDU: 821.131.1-3

EDITORA BERTRAND BRASIL LTDA.
Rua Argentina, 171 — 2º andar — São Cristóvão
20921-380 — Rio de Janeiro — RJ
Tel.: (0xx21) 2585-2070 — Fax: (0xx21) 2585-2087

Atendimento e venda direta ao leitor:
mdireto@record.com.br ou (0xx21) 2585-2002

NOTA DO EDITOR

Primavera de 2005. Ao vê-los dialogar diante das câmeras, eu jamais imaginaria o que aconteceria dali a pouco, e muito menos que, de um filme, pudesse nascer um livro.

Estamos em Roma, no escritório de Andrea Camilleri, com Carlo Lucarelli ao seu lado, para gravarmos as primeiras imagens de um documentário sobre os dois escritores, produzido pela minimum fax media.

O diálogo avança denso, interrompido apenas pela troca de baterias e fitas da filmadora, e pelo ruído de um helicóptero que irrompe de vez em quando nos microfones.

Está em cena uma rajada de palavras, historietas, lembranças, reconstituições sobre o ofício deles, a evocação das leituras-chave, a visão compartilhada do romance experimental que infringe continuamente os cânones rígidos do policial e do noir. Os dois se admiram, eu diria que quase se querem bem. Têm quarenta anos de diferença, mas se expressam sobre a arte de escrever com a mesma abordagem e trocam generosas confissões de paixão verdadeira pelo ato de compromisso civil de contar histórias.

Sem dúvida, não acontece o que seria de esperar quando se imagina um encontro entre dois escritores consagrados. Aqui o alto e o baixo têm igual dignidade, e para os dois autores os gêneros são limites fisiologicamente infringidos pelo espírito livre que os anima. O que se desenrola sob os olhos de quem está atrás das câmeras é um emaranhado complexo, apaixonante, sobre os moventes que desencadeiam a vontade incontível de escrever.

A única certeza é que eles dois estão de fato se divertindo, são sérios mas leves, motivados mas também portadores de saudável distanciamento e autoironia.

E, contagiados pelo clima, nós também nos divertimos.

Tanto que, durante mais uma pausa técnica, não me contenho e lhes faço a fatídica pergunta que venho ruminando há alguns quartos de hora: "Como se comportariam os personagens dos senhores, Salvo Montalbano e Grazia Negro, se topassem ambos com um cadáver? Como interagiriam numa investigação? Podem me contar?"

Andrea e Carlo não pestanejam, como se desde sempre estivessem prontos para uma pergunta do gênero, ou melhor, justamente para *aquela* pergunta. Então, ao meu convite, engrenam.

Começam de repente a descrever o que veem: ela uma caçadora de homens, obstinada, pronta à ação; ele mais filósofo, estrategista e protetor. E tome de hipóteses, fatos e cenários.

Dessa fase em diante, desencadeia-se diante de nós uma espécie de *jam session* literária, na qual um fala e o outro escuta, pronto a intervir, a variar sobre o tema, surpreender e se surpreender. Alternam-se lanço e resposta, golpes de cena, a história está incrivelmente de pé e cresce à nossa frente.

Como numa daquelas *jam sessions* históricas nas quais Miles Davis sobe ao palco onde Dizzy Gillespie está tocando, quando o encontro entre os dois produz algo irrepetível, a ponto de deixar orgulhosos para sempre os que podem dizer "eu também estava lá!", desfrutei desse privilégio de assistir ao desenvolvimento da criação extemporânea da improvisação, caracterizada pelo modo inconfundível dos dois escritores.

A metáfora jazzística reforça sua razão de ser durante a realização do documentário: ambos os escritores amam o jazz, acreditam que escutá-lo produz o *mood* decisivo para favorecer a escrita, as atmosferas da história, o clima narrativo de seus modos de contar. Pelas confissões deles, depreende-se que com os sons Lucarelli produz um verdadeiro trabalho de experimentação, enquanto Camilleri estuda desde sempre a rítmica dos cheios e dos vazios e, tomando como exemplo o *Hamlet*, acaba por definir o respiro da narrativa como "um respiro musical". A referência à música, portanto, não é casual, tudo se harmoniza.

Chegamos lá. Aquilo que deriva de uma simples provocação minha se torna cada vez mais claro.

E aqui, de produtor do documentário, volto aos meus trajes habituais de editor e arrisco: "Ah, não, agora os senhores vão escrever essa história!"

Eles, à queima-roupa: "Sim, claro, vamos escrevê-la. Mas como?"

Lembro-me bem daquela noite, eu estava dividido entre mil hipóteses, consciente da impossibilidade de sequestrar e confinar os dois autores em uma sala durante seis meses, para fazê-los escrever um texto de uma forma que fundisse as respectivas contribuições. Com muita dificuldade havíamos encontrado em suas agendas uns dias livres para fazê-los se encontrar diante das câmeras. Imagine-se para um compromisso de tal ordem.

Na manhã seguinte, nos revimos na casa de Camilleri para mais uma sessão de gravações. Enquanto sua gentilíssima senhora nos oferece um café, ele, sorrindo com ar de quem resolveu o dilema, agita entre as mãos um velho livro, exibindo a capa: é *Murder Off Miami (A Murder Mistery)*, de Dennis Wheatley, um livro de 1936, uma espécie de dossiê de investigação no qual o crime é contado com materiais de relatório, documentos da chefatura, fotos, cartas.

Eureka. A unidade de medida da narrativa será esta, e a forma será a do romance epistolar, no qual os dois investigadores unem as forças e ao mesmo tempo se desafiam para resolver um inquérito não oficial (que, como diz Lucarelli no documentário, "para os personagens é por si só uma dificuldade, e, quando estão em dificuldade, os personagens reagem melhor").

Desde então, passaram-se cinco anos. Andrea e Carlo, imersos na redação de outros romances, filmes, e em compromissos de todo tipo, retomavam os esboços de *Água na boca* e volta e meia não faziam mais do que se desafiar reciprocamente. A *jam session* teve um processo de gangorra, no qual Camilleri às vezes me perguntava, rindo, sobre a reação de Carlo ao seu "lanço" (assim eles chamavam as várias remessas de texto) e, ao saber dos cumprimentos e do embaraço no qual tinha lançado Lucarelli, se comprazia quase casquinando de troça, para depois, por sua vez, praguejar cordialmente quando o outro respondia à altura, desmontando inteiramente a construção anterior dele, e assim colocando-o também em dificuldade. Caso no qual quem ria à socapa era Lucarelli.

Quando chegavam à minimum fax os envelopes cheios de fotos, colagens, textos escritos à mão e datilografados (nunca sorri tanto para um estafeta), eu me trancava em minha sala para espalhar à minha frente no ritual do pôquer as invenções do escritor remetente, e ver onde a história iria parar naquele momento.

Conservo ciumentamente o original com todas as anotações manuscritas deles, e as respostas a um parecer do companheiro/adversário. Sim, adversário, porque os dois se estimam, mas sem dúvida não querem fazer má figura diante do texto do outro. Em suma, estamos jogando, sim, mas não estamos brincando.

Às vezes, Carlo levava meses para responder, confessando-me ao telefone que o Mestre o encrencara com mudanças de frente e de estratégia que o deixavam em dificuldade. Finalmente encontrava sua solução, e, com o avanço da história, eu me convencia sempre mais de que o intercâmbio epistolar se tornara uma partida sem exclusão de golpes.

E, aqui, a outra metáfora inevitável: a partida de xadrez.

Essa arte é feita de estratégia, obras-primas táticas, guerra de posição, confronto de nervos. No jogo entre os dois autores/investigadores aconteceu algo semelhante, com o episódio recorrente no qual um dos participantes observa absorto o tabuleiro e usa todo o tempo de que dispõe para aparar o golpe.

Como nas Olimpíadas enxadrísticas de Varna em 1962, na histórica partida entre o soviético Botvinnik, campeão mundial, e o jovem Bobby Fischer, do Brooklyn, na qual o russo levou todo o tempo possível para responder com um contra-ataque que o tirasse do aperto, e na prorrogação da partida passou a noite inteira refletindo sobre como sair do impasse.

Afinal encontrou o movimento, e acabou que, na manhã seguinte, Fischer tomou conhecimento da situação e admitiu o empate.

O livro está finalmente pronto.

Não há dúvida de que, neste experimento, os personagens se encontram fora da trama habitual dos seus romances e interagem num terreno neutro e comum, e esse estado de coisas pode produzir algo interessante. Antes de mais nada, os caracteres dos próprios personagens são levados ao extremo sob o ponto de vista da identidade; mais ainda, porém, o estilo com que são contados, neste *match* de reações instintivas e de escrita destinada a um interlocutor nada imaginário, faz aflorarem nitidamente as características dos próprios escritores, sua pessoa, seu modo de ser. E aqui o *interplay* jazzístico, o tocar e escrever no sentido do *play* inglês e do *jouer* francês, se libera da ideia sacralizada da escrita no sentido mortificante e vetusto da "composição", termo mais adequado a um cadáver do que a este tipo de expressão livre.

No tocar/jogar, o recurso raro que pode servir de terreno fértil para este tipo de experiência é seguramente o entrosamento entre os dois escritores, sua vontade de empenhar-se no *match*, a humildade e o gosto pelo risco que o incomum equilíbrio comporta. Por conseguinte, só posso agradecer de coração a Andrea Camilleri e Carlo Lucarelli, que quiseram cimentar-se com generosidade num terreno acidentado, renunciando ao controle que, em concentração e solidão, o desenho da estrutura de um romance costuma lhes conceder.

Daniele di Gennaro,
maio de 2010

CHEFATURA DE BOLONHA
GRUPAMENTO MÓVEL

DE: insp.-chefe GRAZIA NEGRO
PARA: dr. SALVO MONTALBANO, a/c COMISSARIADO DE VIGÀTA
ASSUNTO: pedido de informações sobre HOMICÍDIO DOS PEIXINHOS VERMELHOS

Prezado colega,

escrevo-lhe por minha iniciativa pessoal e sem que saibam disso nem o diretor da minha divisão nem o chefe de polícia, os quais, vou logo avisando, não me aprovariam, pois têm uma hipótese investigativa totalmente diferente sobre o caso em questão. Ou melhor, devo lhe informar que as averiguações que estou conduzindo não só não são autorizadas como me foram expressamente proibidas pelos meus superiores. Por isso, se você quiser me responder negativamente, compreenderei e não o incomodarei mais. Peço apenas que mantenha este assunto em sigilo e não o mencione.

Se, porém, quiser me dar uma mãozinha, ficarei muito grata. Nessa esperança, envio em anexo o relatório de serviço da radiopatrulha que foi ao local e as primeiras diligências realizadas, assim como cópia dos achados em nosso poder (alguma coisa, tenho certeza, está nas mãos dos carabinieri, nossos priminhos da polícia militar, visto que eles também compareceram à cena do crime).

Com os meus agradecimentos,

atenciosamente,

Grazia Negro

P. S. Mas, se eu o conheço um pouco e se sua fama corresponde à verdade, estou certa de que você vai me ajudar...

CHEFATURA DE BOLONHA
DIVISÃO DE RADIOPATRULHAS

RELATÓRIO DE SERVIÇO

O infra-assinado ag. de segur. públ. IVAN ROSSINI, chefe da equipe da radiopatrulha 10, junto com o ag. LUCIANO ARAGOZZINI, refere o que se segue.

Às 23h05 de hoje, 27/05/2006, a Central de Operações solicitou ao subscritor que se dirigisse à via Altaseta, 4, onde, segundo um telefonema dado ao 113, havia sido encontrado um cadáver.

Tendo ido imediatamente ao local assinalado, encontrei na rua o sr. GIULIO ALBERTINI, melhor identificado nos autos, que, muito nervoso, nos conduziu ao terceiro andar do imóvel, onde constatei a presença de um cadáver já sem vida caído no piso da cozinha.

Após contactar por via telefônica a Central de Operações, procedi a interrogar oralmente o sr. ALBERTINI, o qual declara que:

Tinha ido à residência de ARTURO MAGNIFICO, seu amigo há alguns anos, para uma visita, e, não obtendo resposta aos repetidos golpes na porta, procedeu a abrir com as chaves precedentemente a ele confiadas pelo MAGNIFICO. Tendo entrado, chamou o amigo sem obter resposta até chegar à cozinha, onde viu o MAGNIFICO caído no piso com a cabeça enfiada num saco plástico. A esta altura, após um atordoamento inicial, o sr. ALBERTINI saiu da casa e chamou o 113 pelo seu celular.

À minha pergunta direta, o sr. ALBERTINI declara não ter tocado em nada, e só com certo embaraço admite ter vomitado o jantar em um canto da cozinha.

Os inquilinos do segundo e do primeiro andares, famílias ROVATI e GORANIC, estes últimos de nacionalidade romena, mas dotados do regular visto de permanência, melhor identificados nos autos, confirmam ter ouvido os gritos de socorro do sr. ALBERTINI por volta das 22h50.

Minha intervenção durou das 23h05 às 24h00.

Assin.
chefe da radiopatrulha
ag. de segur. públ. IVAN ROSSINI

GABINETE REGIONAL
DA POLÍCIA CIENTÍFICA DE BOLONHA

PARA: diretor do Grupamento Móvel dr. FRANCESCHINI
ASSUNTO: levantamento sumário HOMICÍDIO MAGNIFICO

Resumimos, para comodidade de V. Sa., os resultados das primeiras constatações por nós realizadas às 24h00 de 27/05/2006 à via Altaseta, 4:

– O cadáver pertence a ARTURO MAGNIFICO, nascido em Vigàta em 26/10/1960, de profissão despachante. Jazia em decúbito dorsal sobre o piso da cozinha. Estava completamente vestido, exceto por um pé de sapato, que no momento atual ainda não foi localizado. O sapato era um mocassim modelo TOD'S marrom, número 42. O cadáver usava uma camisa branca, um par de meias e um pé de sapato.
– A cabeça do cadáver estava metida em um saco de celofane transparente, desprovido de marca, o qual aparentemente

provocou o óbito. No celofane, à altura da boca, localizamos vestígios de suspeito material hemático produzido verossimilmente quando o MAGNIFICO mordeu a língua durante a sufocação.

– O cadáver não mostrava ferimentos de defesa nem sinais da luta que se presume tenha ocorrido. No momento estão em curso exames para verificar a natureza de uma equimose no pulso esquerdo.
– Os cabelos do cadáver e a parte superior da camisa ainda estavam úmidos e havia vestígios de líquido incolor e inodoro (presumivelmente água) sobre o piso da cozinha, em correspondência com a cabeça do MAGNIFICO. Estão em curso exames.
– Ao lado da cabeça do MAGNIFICO havia 3 peixinhos vermelhos, do tipo mais comum, mortos por sufocação.
– Em um canto da cozinha foi encontrado material pré-digerido que sabemos não dever ser relacionado ao caso.
– Todo o resto da residência mostra-se em ordem e não parece faltar nada. Foram localizadas numerosas impressões digitais atualmente em curso de verificação.
– Não foi encontrado nenhum aquário ou recipiente doméstico para peixinhos.

Assin.
vice-diretor
dr. SILIO BOZZI

CHEFATURA DE BOLONHA
GRUPAMENTO MÓVEL

ATA DE DEPOIMENTO TESTEMUNHAL

No ano de 2006, aos 28 dias do mês de maio, às 11h30, nesta divisão, diante da infra-assinada insp. GRAZIA NEGRO, oficial de polícia judiciária, compareceu o sr. GIULIO ALBERTINI, 29 anos, nascido em Pavia em 23/02/1977 e residente em Bolonha, à travessa dell'Inferno, 15, o qual declarou:

– Eu conhecia Arturo havia pelo menos cinco anos. Conheci-o no trabalho, pois ambos trabalhávamos para a empresa transportadora ARDUINO de Castel Maggiore, e continuei a frequentá-lo mesmo depois que mudei de emprego. Arturo era uma pessoa tranquila e sociável, e nunca teve problemas com ninguém. Não consigo imaginar o motivo pelo qual possa ter sido assassinado ou decidido tirar a própria vida.

PERGUNTADO, RESPONDEU: Fui encontrá-lo àquela hora para pegar de volta uns CDs de música que havia lhe emprestado. Eu sabia que ele sempre ia dormir muito tarde, e costumava aparecer em sua casa sem avisar.

P., R.: Não sou homossexual e posso afirmar que Arturo também não era. Entre nós nunca existiu nenhuma relação além da amizade.

P., R.: Arturo não era casado. Frequentava uma moça chamada MARA que eu nunca vi, e não saberia identificar de outro modo.

P., R.: Nego da maneira mais absoluta que Arturo tivesse peixinhos vermelhos. Ele odiava peixes, e era tão alérgico a eles que nem podia comê-los.

P., R.: Não sei como aqueles peixinhos vermelhos podem ter chegado à casa de Arturo.

Do acima relatado redigiu-se a presente ata, que foi lida, confirmada e assinada.

Giulio Albertini
Grazia Negro

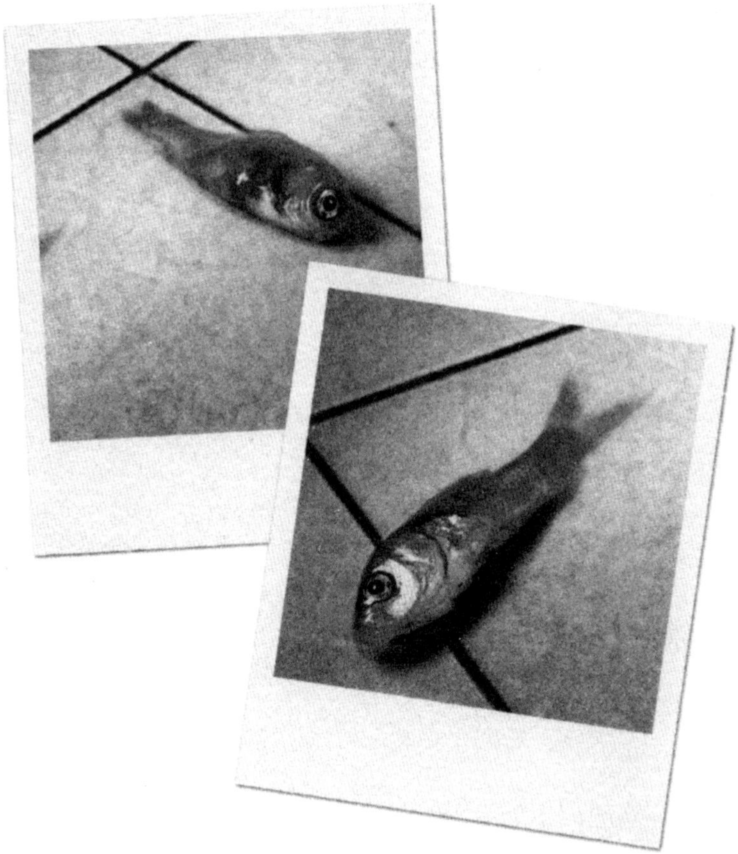

Prezado colega,

acrescento estas notas no final, como se faz nos romances policiais, para instigar sua curiosidade (e note que eu odeio esse tipo de romance).

Quem é esse Arturo Magnifico? Solicitamos informações ao seu comissariado, mas meu diretor diz que vocês não responderam. Não acredito nisso. O senhor Albertini desapareceu. Pegou um avião em Bolonha e desembarcou em Palermo, onde sumiu. Pedi que se enviasse um radiograma de busca, mas meu diretor não deixou. Segundo ele, Albertini está de férias por causa do estresse. Não acredito. E aqueles peixinhos vermelhos, o que têm a ver?

Por conta própria, estou continuando a investigar as coisas por aqui. Você pode me dar uma ajudinha aí?

Ciao,

Para a inspetora-chefe
Grazia Negro
Grupamento Móvel
Chefatura de BOLONHA

Prezada Grazia Negro,

recebi sua carta e os anexos.

Estou muito indeciso quanto a ajudá-la ou não, porque você me parece alguém que procura sarna para se coçar. E a sarna é contagiosa. Não me refiro ao fato de você querer levar adiante uma investigação que lhe foi expressamente proibida pelos seus superiores, isso até a tornaria simpática aos meus olhos. Não, refiro-me ao fato de você querer me envolver numa espécie de investigação privada e não autorizada fazendo-me esse pedido em papel timbrado da Chefatura de Bolonha, e ainda por cima endereçando a carta ao Comissariado de Vigàta! E de fato a carta foi aberta por Catarella, que me telefonou para Marinella dizendo que um negro havia matado um certo Peixinho, de sobrenome Vermelho. E você queria manter o assunto escondido?! Mas imagine! E, também, não sabe que não podia enviar cópia daqueles documentos a um estranho como eu, já que eles estão sob sigilo instrutório? Está maluca, minha filha? De tudo o que você me enviou, a única coisa que em parte funciona é a última página, porque escrita em papel não timbrado e assinada apenas com sua inicial. Só em parte, porque você fez mal em escrevê-la de próprio punho, teria sido melhor digitá-la no computador. Uma simples perícia caligráfica levaria a você.

Então, concluindo, sou obrigado a responder não ao seu pedido de colaboração. Lamento, mas não confio em você.

Comunico-lhe que queimei os documentos anexados, por medo de que Catarella os devolvesse à Chefatura de Bolonha. Sei que a decepcionei, mas não posso agir de outro modo.

S.M.

Posso saber seu endereço particular? Você pode me escrever endereçando para S. M. — Marinella, Vigàta.

Grazia Negro
Via ##########
BOLONHA

Cara inspetora Negro,

meu colega Fazio, que sofre do complexo do registro civil, me relatou que Arturo Magnifico, nascido aqui em Vigàta em 26/10/1960, deixou sua cidade natal em 1985 e se mudou para Bolonha depois de ser demitido da empresa Fratelli Boccanera, transportadores marítimos. Sobre os motivos da demissão pouco se sabe, a empresa faliu em 1993, e os dois irmãos Boccanera morreram num acidente rodoviário. De qualquer modo, Fazio está tentando localizar quem trabalhava na empresa na época da demissão, para saber um pouco mais.

Tenho umas perguntas a fazer.

Primeira: Qual era a estatura do Magnifico? Que tipo de compleição ele tinha? Veja bem: se ele usava sapatos número

42, ou tinha o pé pequeno ou não era um homem muito alto. A senhorita pode descobrir se o mocassim encontrado tinha palmilha com calço? E, se não tinha, pode me dizer de quantos centímetros é o salto? Desculpe, mas não sei como é esse modelo Tod's.

Segunda: pode me informar as medidas exatas do saco plástico? A cabeça entrava nele bem justa ou o saco era grande?

Terceira: o fato de não haver fragmentos de vidro junto à cabeça do morto é uma omissão no relatório? Ou eles não existiam mesmo?

Quarta: Silio Bozzi (que conheço de fama) teria condições de lhe dizer se a água que molhou os cabelos e a parte superior da camisa caiu sobre o Magnifico quando ele estava de pé, ou quando já caíra no chão? Penso, mas gostaria de ter confirmação, que a água caiu quando o Magnifico estava de pé, e portanto ainda vivo, porque Bozzi escreve que a água molhou, além dos cabelos, "a parte superior da camisa". Do contrário, considerando seu bem conhecido pernosticismo, ele não teria escrito a parte superior, mas "a parte anterior da camisa", já que o cadáver jazia de costas.

Peço que a senhorita me informe.

Cordiais saudações.

Salvo Montalbano

Poderia me mandar uma foto do cadáver na cozinha?

Prezada Grazia,

reabro o envelope para acrescentar esta folha, aproveitando que é noite alta e Livia foi dormir. Desculpe o tom oficial que precisei usar anteriormente, porque escrevi a carta enquanto Livia ainda circulava pela casa e de vez em quando espiava o que eu escrevia. O fato é que, tendo chegado de Boccadasse para uns dias de férias, ela casualmente leu a carta na qual você me comunicava seu endereço particular. E teve um ataque inexplicável de ciúmes. Então, precisei listar para você uma série de perguntas em tom burocrático, e sobretudo sem lhe fornecer o motivo daquelas perguntas. Desculpe, mas por estes dias eu gostaria de ficar em paz com Livia, sem dar a ela o pretexto para me encher o saco.

— Se o assassino levou apenas um pé do mocassim, significa que provavelmente (é uma hipótese, veja bem!) esse mocassim continha algo muito importante, escondido ou no salto ou entre o revestimento interno e a parte superior interna da sola.

— Não é possível que o saco plástico com o qual o Magnifico foi sufocado tenha contido precedentemente os peixes vermelhos, com a água correspondente?

Em certos jogos de parques de diversões, um dos prêmios é justamente um saquinho plástico com peixinhos vermelhos. Ou será que estou falando besteira?

— Como os peixes vermelhos chegaram à cozinha de Magnifico, que os odiava? Não pode ter sido em apneia, claro. Se não há fragmentos de vidro (ou seja, os cacos de um vaso cheio d'água com os peixes dentro), isso reforça a hipótese do saco plástico.

— Acho importante saber se a água dentro da qual estavam os peixes vermelhos molhou a cabeça e a parte superior dos ombros de Magnifico, porque isso significaria que o saquinho com a água e os peixes lhe foi enfiado na cabeça enquanto ele estava de pé: os peixes, evidentemente, deslizaram para fora junto com a água. Mas seria um barato se um dos peixes tivesse permanecido dentro do saquinho. Já imaginou o Magnifico, que detesta peixes e é alérgico a eles, morrendo lentamente sufocado, enquanto um peixe se debate desesperadamente sobre seu nariz, sua boca, seus olhos? Não leve em conta isto que acabo de escrever, faz parte das minhas fantasias pessoais.

— Você sabe o quanto é importante "fotografar" com os próprios olhos e a própria sensibilidade o ambiente no qual ocorreu um crime. Portanto, sinto necessidade de ter pelo menos uma foto da polícia científica.

Prezada Grazia, desculpe de novo.

Saudações efusivas,

Salvo

Reabro novamente o envelope. Afinal, qual é sua opinião sobre essa história toda?

S.

Prezado colega,

desculpe responder com tanto atraso, mas, pela matéria do *Carlino* que anexo aqui, você vai entender por quê. Não se preocupe, cin a esquedra consigo tanto telcar quanto atirar, no máxio vou cometer algusn errros de diigtaçaõ (afinal paar atirar eu não eragrande coisa).

Começo respnodendo algumas de suas perguntas. NÃO havia gframentos de vidro na cozinha. Sei com certeza porque conversei com os peritso da científica que foram ao local (com Silio me foi impeossivél falar: estão de olho em no´s dois). NADA DE VIDRO, portanto. En não só: indiscrilão do labortatorio da cienṭifívica (me custou um futruro jantar com o pilnantra Cinelli, que o dirige, mas isso não é problema, cm a esqyerdca eu tabméam sei dar porrada).

No saqiunho, do qual lhe anexo uma foto roubada do dossiê enquanto o pilnatra me olhava as pernas, havia resíduos de ração para éixes, vestígios de escmaass de Carasius auratus (são os peixes vemrelhos) e mais uma ciosaa que nãolhe digo paramnão lhe estargar a surpresa (está no resumo da prícia necroscópica que anexei.) O que eu penso é: os peixes chegam no saqiunho que é enfiado na cabeça de Magnifico. A água se derrama sobre a camisa, os peixse quase (veja perícia) e o Magnifico se sufoca.

No que se refere aos sapatos: parabéns. O número não bate. Arturo Magnifico tinha 1,82 de altura e pelo que o pessoal da científica lembra também tinha duas boas lanchas em vez de pés. Conferi no primeiro relatório: está escrito que o sapato estava *enfiado no pé*, e não *calçado*. Conhecendo também o pernosticismo de Silio, tenho certeza de que ele queria dizer que o pé não estava dentro do sapato. Se eu pudesse voltar ao local do crime e verificar os sapatos que existem na casa, descobriria que Arturo Magnifico usava outro número. Anexo também uma foto do Tod's (roubada, o safado tinha passado aos meus peitos). Sua ideia de que eles continham alguma coisa me parece uma excelente dica para investigação.

Quanto à foto do cadáver não pude fazer nada, já não tinha argumentos para opilantra. Mas h´pa um jronalista que fez uma e vou ver se me entnedo com ele.

Por enquanto é tudo, leia a perícia.

Ciao,

G.

Prezado colega,

você me transmitiu esta mania de reabrir os envelopes e colocar mais alguma coisa dentro, e acho que esta é importante. Já que estou forçosamente de licença por algnus dias, andei circulando por aí. Percorri as pet shops que têm peixes tropicais, procurando uma que tivesse vendido no mesmo dia tanto peixes vermelhos quanto um Betta Splendens. Encontrei. Fica do outro lado da cidade. O comreciante me mostrou o comprovante que foi emitido justamente em 27/05/2006, o dia do crime, às 16h30.Também me mostrou os saquinhos que usa para o transporte dos peixes, e são idêntcicos ao encontrado na cabeça do Magnifico. Golpe de sorte: o cara recorda miuto bem quem os comprou. Porque era uma mulher, uma blea ruiva muito elegante, com cerca de 35 anos, e seios "discretos" (mas afinal vocês homens saõ todos assim?).

Ciao,

G.

P. S. Não é só Livia que tem ciúmes. Eu tenho Simone, que fica me rondando e que, embora não enxergue, percebe muito bem que estou escrevendo e me agito como uma louca. "Para quem você está escrevendo?", me perguntou. "Para um colega", respondi, mas acho que ele não acredita e é melhor assim. Me permite usar você como suspeito amante? As coisas entre mim e Simone não vão muito bem, e eu queria dar um tranco nele. É uma relação muito importante para mim. Mas não quero aborrecer você com meus problemas pessoais.

Ciao de novo,

G.

UNIVERSIDADE DOS ESTUDOS DE BOLONHA
INSTITUTO DE MEDICINA LEGAL

Bolonha, 30 de junho de 2006

Prezado dr. La Pietra,

para comodidade de V. Sa., resumo abaixo o que se constatou sobre as causas da morte de ARTURO MAGNIFICO a partir da autópsia executada em 28/05/2006, por solicitação desta Autoridade Judiciária.

— O supracitado faleceu por asfixia de sufocação em virtude de oclusão das vias respiratórias provocada pelo saco plástico encontrado.

— A asfixia foi facilitada por uma ulterior oclusão das vias respiratórias, em um primeiro momento fugida à observação do legista que interveio logo após os fatos, e emergida somente no decorrer de perícia autóptica.

— A ulterior oclusão foi provocada por um exemplar de Betta Splendens, mais conhecido como "peixe-de-briga", que deslizou profundamente para dentro da cavidade oral do Magnifico.

Cordiais saudações.

prof. Antonio Cipolla D'Abruzzo

IL RESTO DEL CARLINO
BOLONHA

ESPETACULAR ACIDENTE NA VIA EMILIA:
AVANÇA O SINAL E É ABALROADA

BOLONHA — O sinal, os freios que não funcionam, o caminhão chegando. Correu sério risco de morte a srta. Grazia N., inspetora de polícia junto ao Grupamento Móvel da Chefatura de Bolonha, que ontem à tarde se envolveu num acidente à via Emilia, perto de San Lazzaro. O Fiat Panda dirigido pela inspetora estava entrando na via Emilia quando o sinal fechou. O carro da inspetora não conseguiu parar e atravessou em velocidade a via Emilia, justamente quando um caminhão vinha chegando em direção a Bolonha. O Panda, abalroado, girou várias vezes e acabou capotando à beira da estrada. A inspetora sofreu algumas contusões, um princípio de derrame cerebral e a fratura da mão direita. Ainda estão sendo apuradas as causas do acidente.

Causas a apurar é o caralho, me sabotaram o freio. Já conferi, o motorista do caminhão não tem culpa. Em minha opinião, só queriam me dar um aviso. Mas pelo quê?

CORREIOS ITALIANOS — ENTREGA DE BOLONHA EM DOMICÍLIO

ZCZC GTI105 016/2F
IGRM CO IGMI 022
0922 VIGATAFONE 22 04 1055
04/07/2006

GRAZIA NEGRO (I1322)
GRUPAMENTO MÓVEL
CHEFATURA DE BOLONHA

SABEDOR GRAVE ACIDENTE SOFRIDO ALEGRO-ME TENHA SIDO RESOLVIDO RELATIVAMENTE BEM FORMULO VOTOS PRONTA RECUPERAÇÃO E A MIM SE ASSOCIA O ECLESIÁSTICO SRTA. CONHECE HÁ 11 ANOS E QUE RESIDE À MINHA MESMA RUA 31/33 REITERO VOTOS
SALVO MONTALBANO

REMETENTE
SALVO MONTALBANO
COMISSARIADO DE POLÍCIA
VIGÀTA (MONTELUSA)

Prezada Grazia,

sou uma amiga de Salvo Montalbano, me chamo Ingrid e estou de passagem por Bolonha. Salvo me pediu que entrasse em contato com você, não por telefone, mas através deste bilhete, que colocarei diretamente na sua caixa de correspondência.

Estou hospedada na casa de um amigo, à via Saragozza nº 52, mas já estou de partida. Deixei na portaria um pacote com seis cannoli que Salvo lhe manda, recomendando que você os coma sozinha, sem oferecer nenhum a ninguém.

Ingrid

Prezada Grazia,

espero que você não tenha engolido esta carta, que deve ter encontrado dentro de um cannolo. E desculpe se está escrita em letras pequenininhas, eu tinha que fazer isso para ela caber dentro. A propósito, os cannoli ainda estavam comíveis? Também espero que você tenha entendido quem era o Eclesiástico do telegrama que me apressei a lhe mandar, quando soube do acidente. É o Eclesiástico, 11, 31-33 do Velho Testamento, que diz mais ou menos: *não deixes nenhum estranho entrar em tua casa, porque ele quer te fazer mal.*

Saiba que não é meu costume recorrer a citações bíblicas, mas devo lhe confessar que estou bastante preocupado. Porque, veja bem, embaixo do recorte de jornal que me mandou, você escreve que se tratou de um aviso. Quem disse? Como diabos eles podiam calcular que, sem freios, e indo bater num caminhão, você sairia apenas com a mão fraturada e um princípio de derrame cerebral?

Não, minha cara. Eu acho que eles queriam matá-la, e você teve muita sorte.

Não esqueça que, nesta história, duas pessoas já morreram num acidente automobilístico: me refiro aos irmãos Boccanera, transportadores marítimos e ex-empregadores do Magnifico. Pode ser que não haja nenhuma relação entre os dois fatos, mas também pode ser que sim. Porque, veja, prezada Grazia, matar as pessoas em acidentes automobilísticos não é coisa somente do destino, com frequência os serviços secretos ditos "desviados" fazem isso numa boa. E eu estou começando a sentir o fedor especialíssimo que essa gente espalha ao redor.

Seja como for, o fato de terem atentado contra sua vida torna tudo bem mais complicado. Porque está claro que você meteu o dedo numa bela merda. Evidentemente, quem está por trás disso quer que a conclusão do inquérito sobre a morte do Magnifico seja bem pilotada, sem o risco de interferências perigosas como podem ser as suas ou as minhas. Eis por que estou tomando todas estas precauções, que talvez, considerando sua juventude, lhe pareçam ridículas. Mas se você, para me escrever, inventasse algum estratagema, não seria ruim.

Estou convencido de que ALGUÉM NÃO ESTÁ LHE CONTANDO TUDO SOBRE A MORTE DO MAGNIFICO.

Explicando melhor, Grazia. Os vários laudos lhe dizem que o Magnifico morreu por asfixia, porque meteram a cabeça dele dentro de um saco plástico. Ora, o Magnifico era um grandalhão de 1 metro e 82. Como podem ter feito isso sem antes atordoá-lo de algum modo? Será possível que não haja nenhum indício? Nos primeiros levantamentos da polícia científica que você me enviou, menciona-se uma equimose no pulso esquerdo, sobre cuja natureza eram prometidos exames. Você os recebeu? Afinal, o que é essa equimose? Ou será que deram um porre nele? Em resumo, acho excluível que o tenham convencido a meter por conta própria a cabeça dentro do saco.

Quando cheguei ao último item do laudo do Instituto de Medicina Legal sobre a autópsia de Arturo Magnifico, no qual se diz que a ulterior oclusão das vias respiratórias foi provocada por um exemplar de Betta Splendens que "deslizou profundamente" para dentro da cavidade oral da vítima, aquele fedor dos tais serviços ficou tão forte que me deu engulhos. Espero estar enganado, mas infelizmente creio saber o nome da mulher que comprou o saquinho com os peixinhos vermelhos, a tal ruiva de uns 35 anos, elegante e com belos seios. Belos seios ela tem sempre, mas nem sempre é ruiva, às vezes é loura, outras morena. Volte ao comerciante (que deve ter observado muito bem a cliente) e pergunte se ele notou um sinalzinho ao lado do olho esquerdo da moça. Se a resposta for sim, por favor, Grazia: caia fora desta história imediatamente.

Salvo

Este papel deve estar melado de ricota, mas espero que legível.

S.

Prezada Grazia,

não podendo reabrir o envelope, abro outro cannolo. Sempre na esperança de que você não engula o bilhete. Queria lhe informar que comprei um par de sapatos iguais àqueles da foto que você me mandou. Tirei o salto de um. Há espaço suficiente para esconder tudo o que se quiser, de documentos a microfilmes. Portanto, em minha opinião, o movente do homicídio foi justamente o de se apoderar daquilo que o Magnifico trazia escondido no salto. Desculpe o italiano ruim, mas Ingrid está me apressando. Colei o salto com adesivo instantâneo e dei os sapatos de presente a Catarella.

S.

"A. F. TAMBURINI"

ANTICA SALSAMENTERIA BOLOGNESE

Via Caprarie, 1 — 40124 Bologna

Tel + 39 051 234726 — fax + 39 051 232226

Prezado Cliente,

queira aceitar esta homenagem gastronômica, composta de 1 kg de tortellini feitos à mão, segundo a mais antiga tradição bolonhesa.

O nome de V. Sa. nos foi indicado como "bom garfo" pelo sr. *Carlo Lucarelli*, nosso cliente assíduo.

Na esperança de agradar a V. Sa., e com minhas cordiais saudações,

Bom apetite!

Giovanni Tamburini

Prezado Salvo,

consegui comer os cannoli sem me engasgar com os bilhetes, e espero que você goste dos tortellini que lhe envio com a cumplicidade dos amigos Tamburini e Lucarelli. Desculpe a letra pequena, mas estou tentando fazer caber na bandeja o máximo possível de notícias.

Bom: sim, a peituda tem um sinal junto do olho esquerdo, o comerciante se lembra, embora não fosse exatamente isso o que ele estava olhando. Quem é ela? Você tem razão, alguém não está me contando tudo. Conversei com o médico-legista e descobri que a perícia que temos nos autos não é a que ele redigiu. Ou melhor, não está toda lá. Existe um complemento que desapareceu e que analisava aquela mancha-roxa no pulso esquerdo, e a atribuía à pulseira de um relógio arrancado ou torcido com força. Para levá-lo, já que também sumiu.

Além disso, há o exame toxicológico. Sim, no sangue do Magnifico constatou-se uma taxa alcoólica tão alta que, se a polícia rodoviária o submetesse a um teste, o bafômetro iria explodir. Empurraram bebida nele, e para mim quem fez isso foi a peituda (repito: mas vocês homens são todos assim?).

Quanto à sua sugestão de que eu caia fora, tarde demais, prezado comissário, já estou dentro e quero ir até o fim. Não porque seja um Rambo, mas porque estou curiosa, e não posso evitar.

Assim, voltei ao local do crime e tchan-tchan-tchan-tchan!, peguei de jeito a senhora Cefoli. Acho que existe uma dessas em cada prédio, principalmente na Emilia. A Cefoli é aquela que por aqui chamam de "*cazziana*", alguém que nunca se limita aos próprios *cazzi*. Uma abelhuda, em suma. E por sorte. Essa senhora estava na janela da casa em frente, por volta das 22h, e viu uma mulher saindo do número 4 da via Altaseta. Não notou os peitos, mas viu que ela estava acompanhada de um sujeito careca, mais para robusto, e de barbicha. Levava na mão um relógio, que depois meteu no bolso.

Agora vem o bonito, ou melhor, o feio. Esse depoimento sumário, a Cefoli já havia feito. Não ao colega da radiopatrulha que chegou, mas a outro colega, cujo nome ela não recorda, e que escondeu a informação, já que esta nunca entrou nos autos. Acho que você tem razão, prezado comissário, sinto fedor de serviço secreto nesta história.

Tem notícias do amigo do Magnifico? Considerando o fim que tiveram os irmãos Boccanera, acho que sopram maus ventos também em Palermo, e me parece estranho que ele tenha escolhido justamente essa cidade para umas férias.

Também fiz outra coisa, e não lhe é difícil entender o quanto me custou: fui procurar os carabinieri. Eu tinha escrito a você que, em minha opinião, os priminhos tinham ocultado alguma coisa, e de fato era verdade.

Falei com um tenente amigo meu e descobri que os meganhas não se interessaram pelas investigações somente por motivos de concorrência conosco. Um sargento que estava de serviço em Trapani, não se sabe muito bem fazendo o quê, suicidou-se duas semanas atrás. Os priminhos têm a lista dos telefonemas dados pelo sargento, e muitos foram para o Magnifico. E sabe como se chama o sargento, ou melhor, como se chamava? PESCI. Isto mesmo. Vincenzo Maria Pesci.

Sei que você agora vai dizer que eu sou uma ingênua, fazendo todas essas perguntas por aí, e sobretudo aos carabinieri, mas lhe garanto que não sou ingênua, porque fiz isso de propósito. Talvez seja maluca, mas não ingênua. Quero ver o que acontece, se alguém sai a descoberto e em que nível. Porque nesta coisa toda há um monte de autos e de dados que foram omitidos. Quem foi? Um colega? Meu diretor? O juiz?

A partir de amanhã, estou de volta ao serviço, com olhos e ouvidos abertos. Também meti no meio alguns amigos de confiança que me garantam a retaguarda. Se houver algo de estranho, vou perceber.

Ciao e até breve,

P. S. Coma logo os tortellini, porque não duram muito. Lucarelli me obriga a lhe escrever também a receita para o molho, não vá você ter a ideia de comê-los a seco, talvez só com creme. Diz que é como a mãe dele faz: um pouco de músculo de boi, um pouco de galinha (não de capão, porque do contrário o sabor fica muito forte, e tem que ser leve para não cobrir o dos tortellini), um pedacinho de língua, osso, aipo e cenoura. Escumar de vez em quando. Entre cannoli e tortellini in brodo, isto aqui começa a parecer um livro de culinária, em vez de uma investigação.

Grazia, você também devia usar o antigo modo
de fazer o molho para os tortellini ou descobrir o jeito
de decifrar com calma e muita paciência
antigas receitas da vovó. Vale a pena.
Num dos próximos dias Catarella
irá de férias comigo às Dolomitas,
em pessoa pessoalmente.
Pensei muito no assunto, acredite, mas
é uma precaução absolutamente indispensável
deixado sozinho em Vigàta ele certamente daria problema.
Com uma carta minha bem grande
vou lhe descrever os detalhes das férias.

Salvo

13 de julho

Prezada Grazia,

espero que você tenha decifrado facilmente meu bilhete, no qual, com o velho sistema da escola elementar, ou seja, escrevendo a mensagem uma linha sim e outra não, eu lhe anunciava a chegada de Catarella com uma longa carta minha. Às vezes, os sistemas mais infantis se revelam os mais seguros. Em minha opinião, a situação na qual você se meteu é extremamente séria. Antes, eu tinha apenas um certo temor quanto a isso. Agora, depois de sua carta com os tortellini (agradeça a Lucarelli, mandei Adelina executar a receita que ele gentilmente me sugeriu. Deliciosos!), tenho absoluta certeza.

Envio-lhe um recorte de jornal que fala do suicídio do sargento Vincenzo Maria Pesci. Veja, prezada Grazia, o sobrenome do sargento é uma simples coincidência. Eu poderia complicar as coisas informando-lhe que Pesci nasceu sob o signo de Peixes e que só comia peixe, já que não gostava de carne. Melhor deixar para lá. É um caminho que não leva a nada. Leia o recorte, antes de prosseguir.

Leu? Cortei mal o papel, falta a última linha, na qual se diz que Pesci estava assoberbado por dívidas, pois era um inveterado jogador de cartas. Tudo segundo o roteiro. E se eu agora lhe dissesse que, entre os peixes do coronel Infante, havia um exemplar de Betta Splendens? E que o coronel Infante nunca passou à reserva, como ele mesmo andou dizendo por aí, e continua a fazer parte dos chamados serviços?

Minha ideia, e não precisei fazer muito esforço para tê-la, é que estão cortando alguns galhos e que a podadora convocada para realizar a tarefa é ELISABETTA GARDINI, dita BETTA, a qual sempre assina sua obra deixando no local um exemplar de Betta Splendens ou, se já o encontrar ali, tanto melhor. Sei que existe outra Elisabetta Gardini que é atriz e porta-voz política, mas não posso fazer nada, trata-se de um caso de homonímia.

Fiz para você uma pequena ficha sobre a Gardini.

ELISABETTA GARDINI — Nascida em Pordenone em 3 de setembro de 1970, estuda no liceu de sua cidade e mais tarde se diploma em ciências políticas em Veneza. Em 1989, é eleita Miss "Os mais belos seios do Friuli-Venezia Giulia". (*Nota fora da ficha: portanto, há um motivo, se a chamam de peituda.*) Logo após a universidade, passa num concurso para entrar na polícia. Demite-se depois de alcançar rapidamente o grau de vice-comissária. E some de circulação. Um amigo meu, muito por dentro das coisas dos serviços secretos italianos e estrangeiros, Alberto Ari (dito "Mata-Ari"), me falou longamente da nossa Elisabetta. Atiradora formidável, especialista em artes marciais, foi recrutada a peso de ouro pela Segunda Divisão do Sismi.* Também saiu de lá, a fim de passar, ao que parece, a um grupo super-restrito, dedicado aos trabalhos mais sujos. Alberto atribui a ela, com certeza, três homicídios. O do major Menegozzi, que se afogou na banheira, em consequência de um suposto mal-estar. O de Heinz Lussen, que morreu asfixiado com outras três pessoas pela repentina ruptura de um vidro do aquário de Hamburgo (entre os peixes havia vários exemplares de Betta Splendens). E o de Amilcare Benti, que caiu no poço de sua casa de campo em Seggiano (prov. de Grosseto). Betta Gardini faz suas vítimas encontrarem a morte pela água.

Vamos aumentar a lista de Ari, acrescentando os nomes de Vincenzo Pesci e Arturo Magnifico?

A Gardini tem tais e tantas coberturas (creio que até na Guarda Florestal e na Guarda Suíça) que pode mostrar impunemente seu sinal no olho até mesmo ao comerciante de peixes vermelhos.

O testemunho da sra. Cefoli é precioso. No tambor do relógio arrancado ao Magnifico devia haver alguma coisa (um microfilme?) decifrável por um código contido no salto do sapato.

Acha que é uma ideia de filme tipo 007? Não esqueça que em nosso país foi possível o sequestro em pleno dia

---

* Servizio per l'Informazione e la Sicurezza Militari. (N. T.)

de Abu Omar, com a participação da CIA e do Sismi. E quanto ao suicídio (?) de Adamo Bove (o qual havia permitido que a Digos* compreendesse as malfeitorias do Sismi), atirando-se do alto de um viaduto? Eu acho que Pesci e Magnifico eram mancomunados e se serviam de certos documentos que estavam em posse do Magnifico para chantagear os serviços. Betta fez uma limpeza. Mas também pode ser que eu esteja enganado. Você é quem vai me dizer.

Mantenha-se longe até das poças d'água.

Salvo

---

* Divisione Investigazioni Generali e Operazioni Speziali. (N. T.)

18 de julho

Prezada Grazia,

precisei reabrir o envelope, corrija minha mensagem anterior. Em vez de Catarella, quem vai aparecer aí é Mimì Augello, o meu vice. Foi assim: relutante como é em andar de avião, Catarella pegou em Palermo um trem lentíssimo que chega 48 horas depois, ou um pouco menos, a Milão. Um dia depois da partida, Fazio recebeu um telefonema dele. Catarella tinha adormecido e, havendo acordado quando o trem estava parado numa estação que ele não entendeu qual era, desembarcou correndo. O trem partiu de novo e ele se viu na estação de Florença. Então, telefonou pedindo instruções. Fazio o aconselhou a pegar o primeiro trem que fosse para Bolonha. No dia seguinte, recebemos um segundo telefonema desesperado. Vinha de Reggio Calabria. Catarella não tinha tomado um trem *para* Bolonha, mas *vindo de* Bolonha.

Conclusão: tivemos que recuperá-lo pedindo a colaboração da Polícia Ferroviária.

Justamente quando eu tinha perdido as esperanças, Mimì me pediu três dias de folga para ir visitar em Bolonha um amigo dele, muito doente. Logo aproveitei para dar a ele a carta destinada a você.

Não perca de vista que:

a) Mimì está completamente por fora dos nossos assuntos.

b) Você é para mim ("... a mais bela do mundo", continuaria dom Marino Barreto Jr.) uma amiga de Livia que está com um problema.

c) Mimì Augello é um mulherengo, ou seja, corre atrás não somente de qualquer saia, mas também do conteúdo desta. Estou só avisando, o resto é com você, que é maior de idade e, creio, também vacinada.

Salvo

IL CORRIERE DELLA SERA

INSÓLITO SUICÍDIO DE SARGENTO DOS CARABINIERI

PALERMO — O sargento dos Carabinieri Vincenzo Pesci, 42 anos, em serviço junto ao Comando Provincial de Trapani, fez ontem uma visita de cortesia ao seu antigo comandante, o coronel da reserva Mario Infante, o qual reside em Aspra, em um palacete de sua propriedade. Após almoçar com o sargento, que parecia sereno, o coronel Infante retirou-se para o descanso vespertino. Uma hora depois, tendo acordado e descido ao jardim, Infante encontrou o corpo do sargento num enorme tanque de peixes tropicais que ele possui. Foram inúteis os socorros. Só pode tratar-se de um gesto desesperado, até porque o tanque é protegido por um longo parapeito razoavelmente alto. Sobre as causas do suicídio, apuramos boatos segundo os quais o sargento Pesci estava assoberbado por

CHEFATURA DE BOLONHA
GRUPAMENTO MÓVEL

DE: insp.-chefe GRAZIA NEGRO
PARA: dr. SALVO MONTALBANO, a/c COMISSARIADO DE VIGÀTA
ASSUNTO: pedido informações coronel da reserva MARIO INFANTE

Prezado colega,

pela presente, venho solicitar-lhe cortesmente informações sobre o personagem em questão, melhor identificado em anexo, as quais considero úteis ao desenvolvimento de uma investigação reservada, de cujos detalhes ainda não posso lhe dar ciência. Refere-se a um assunto sobre o qual lhe falarei no devido tempo, e eu ficaria grata se você pudesse atender ao meu pedido sem me fazer perguntas.

Saudações agradecidas,

Grazia Negro

Prezado Salvo,

você tem razão, os velhos sistemas são sempre os melhores, por isso não reclame se agora está forçando a vista para ler minha caligrafia minúscula e tão desbotada, eu precisava fazer caber um monte de coisas no verso deste cartão e a tinta invisível não é exatamente uma impressora a laser. Bem, respondendo às duas perguntas que você certamente se fez. A primeira se refere ao olho roxo do seu amigo Augello. Não, não fui eu. Você estava certo, o belo Mimì não para de dar em cima das mulheres, comigo foi tentando logo de cara, tanto que nem mesmo a desculpa de que eu era lésbica (coisa que alguns dos meus colegas pensam) adiantou muito. Precisei desviá-lo para a colega Balboni, mais atraente do que eu, e que é de fato lésbica, além de campeã interforças de kick-boxing. O olho roxo foi obra dela.

A segunda é não, não enlouqueci. Eu lhe mandei o pedido oficial de informações com o objetivo de sair a descoberto. Até deixei o rascunho da carta sobre a minha escrivaninha, para que meu diretor visse, e de fato agora estou em férias forçadas e mais ou menos oficialmente suspensa do trabalho. E tenho certeza de que a carta que lhe mandei também foi interceptada (como deve ter notado, especifiquei que você não sabe nada de nada, não quero colocá-lo em perigo).

Fiz isso porque eles já chegaram a mim. Há uns dois dias, tenho uma nova vizinha de casa. Com um belo sinalzinho perto do olho, muito charmoso. Tem outro sobrenome, mas se chama Betta do mesmo jeito. Então, em vez de servir de alvo, prefiro servir de isca. Aproveito as férias forçadas e dentro de alguns dias (só o tempo de esperar sua resposta, que irei procurar circulando pela chefatura sem dar muito na vista) sigo para Milano Marittima, onde a colega Balboni tem uma casa. Vou com minha pistola e com a colega (já esclarecemos as coisas uma vez, e ela não me canta mais), e lá aguardo o aparecimento deles.

Espero que nos comuniquemos logo.

Com afeto,

COMISSARIADO DE VIGÀTA

ASSUNTO: coronel da reserva Mario Infante
PROT.: 456/R129

Prezada colega,

infelizmente não ~~posso~~ tenho condições de lhe fornecer mais do que escassas informações sobre o coronel da reserva Mario Infante.

Nasceu em Palermo em 05/02/1941. Depois que seu pai, Filippo, governador de província do então Reino, foi transferido para Nápoles, ele pôde frequentar a famosa escola da Nunziatella, encaminhando-se assim para a ~~vida~~ carreira militar. Que foi muito brilhante, a ponto de ele ter-se tornado adido militar, por quatro anos a partir de 1985, em nossa embaixada em Washington. Poucos meses ~~após~~ depois de retornar à Itália, foi oficialmente transferido para a reserva, a seu pedido.

Nunca se casou. Sua residência é em Palermo, à via G. Nicotera, 22 bis. Vai frequentemente ao exterior porque é vice-presidente de uma sociedade de importação/exportação, a ~~Transpeuro~~ Transeuro.

Além do palacete de Aspra, possui também uma grande casa de campo em um vasto sítio em Pian dei Cavalli, confinante com o casebre onde Bernardo Provenzano foi detido.

Curiosa coincidência, o coronel é proprietário de um cavalo que se chama Suetônio.*

E mais não ~~tenho condições de lhe dizer~~ sei sobre ele.

~~Muito cordialmente~~ Cordiais saudações,

Salvo Montalbano

---

* Segundo o historiador Suetônio (70 d.C. - 126 d.C.), Júlio César criptografava suas mensagens substituindo certas letras por outras. A "coincidência" é que Bernardo Provenzano, um dos chefes da máfia siciliana, preso em 2006, usava para se comunicar com seus asseclas um código no qual cada letra era representada pelo número correspondente à sua posição no alfabeto somado a 3, eliminando-se os caracteres J, K, Y, X e W, inexistentes ou pouco usados em italiano. Assim, A = 4 (posição 1+3), B = 5 (2+3), H = 11 (8+3), L = 13 (10+3) etc. Com essa dica, Grazia Negro poderá decifrar a mensagem numérica de Montalbano, que vem na página seguinte e que significa: "TI COMUNICO CHE HO PRESO IN AFFITO ('aluguei') UN APPARTAMENTO A MILANO MARITTIMA IN VIA ROMA NUMERO 31 A NOME GIORGIO COSTA." (N.T.)

21 12 / 6 16 14 22 15 12 6 16 /
6 11 8 / 11 16 / 17 19 8 20 16 /
12 15 / 4 9 9 12 21 21 16 / 22 15 /
4 17 17 4 19 21 4 14 8 15 21 16 / 4 /
14 12 13 4 15 16 / 14 4 19 12 21 21 12 14 4 /
12 15 / 23 12 4 /19 16 14 4 / 15 22 14 8 19 16 / 31 /
4 / 15 16 14 8 / 10 12 16 19 10 12 16 /
6 16 20 21 4 /

COMISSARIADO DE VIGÀTA

ASSUNTO: Coronel da reserva Mario Infante
PROT.: 456/R129

Prezada colega,

estou realmente mortificado, mas o indescritível Catarella lhe enviou o rascunho da minha resposta ao seu pedido de informações sobre o coronel da reserva Mario Infante.

É desnecessário que eu repita aqui as informações, você pode lê-las do mesmo modo. Desculpe-me pelos termos riscados e por aqueles incompreensíveis números no final, que são minhas anotações sobre turnos, férias etc.

Saudações,

Salvo Montalbano

Ontem à noite, ao retornar ao apartamento alugado, encontrei sua carta enfiada embaixo da porta. Sinal de que você soube decifrar o código (aliás, fácil) que Provenzano adotava em seus bilhetinhos.

Estou há dois dias em Milano Marittima e já me sentia aflito por receber suas notícias. Para piorar, em sua última carta faltava o endereço do apartamento para o qual você viria com sua amiga. Ontem, finalmente, você se dignou a comunicá-lo a mim. Acho que somos vizinhos, o que pode ser tanto um bem quanto um mal. Durante estes dois dias aqui, eu me entediei mortalmente. Saiba que, para mim, Milano e Marittima constituem um paradoxo bastante difícil de aceitar.

Você me informa que a nossa Betta ainda não chegou. Isso significa que você sabe onde ela vai se hospedar e está de olho.

Posso ter a honra de saber esse endereço também?

Eu ficaria contente, não nego, se Betta não chegasse. Porque acho que você se oferecer como isca é uma autêntica loucura. Seja como for, não tenho nenhuma intenção de deixá-la sozinha nesta aventura que me custará bastante. Não falo como comissário, mas como homem. Antes de partir, deixei o endereço daqui com Mimì Augello. Catarella deve ter tomado conhecimento, não sei como. Pois bem, na primeira noite depois que cheguei, telefonei a Livia pelo celular, não dizendo que estava em M. M., mas sim em Vigàta, e que estava fazendo uma caminhada pela praia. Mas Livia deve ter me ligado de volta para o fixo logo depois e, não me encontrando, certamente insistiu, sem receber nenhuma resposta. Então, preocupadíssima, na manhã seguinte telefonou para o comissariado e Catarella escancarou que eu estava aqui. Imagine! Ela me ligou furiosa, convencida de que eu estou tendo um caso, e ameaça chegar de uma hora para outra. Portanto, temos que nos apressar. Imagino que Betta não poderá agir contra você se antes não conseguir um exemplar de Splendens para deixar (bata na madeira!) junto do seu cadáver.

Excluo que ela possa transportá-lo num aquário portátil (existem?), e portanto deverá comprá-lo aqui. Circulando por M. M., vi que há duas pet shops. Nenhuma das duas vende peixes de aquário. Mas, por uns folhetos que estão circulando por aí, fiquei sabendo que amanhã será inaugurada uma grande exposição de peixes tropicais num espaço à via Sempione, 13. Tenho certeza de que Betta vai tentar roubar um exemplar.

Como poderemos usar isso a nosso favor?

Agora, entro num assunto delicado. Devemos "interceptá-la" antes que ela entre em ação contra você, ou quando estiver agindo? Em qualquer caso, note que escrevi interceptar entre aspas.

Porque interceptar Betta significa simplesmente matá-la. Não temos outra opção. Não podemos dizer a ela "mãos ao alto, polícia!" e lhe meter um belo par de algemas. Em dois dias, ela estará livre (os serviços cuidarão disso) e nós, ao contrário, estaremos na merda. Vá tentar explicar a coisa toda aos nossos superiores! Não só deveremos matá-la, mas também sumir com seu corpo. Em suma, se quisermos nos livrar desta história, é preciso que, depois, ninguém saiba mais nada sobre Betta. Volatilizada.

Veremos como agir, alguma ideia vai me ocorrer.

E, agora, uma pergunta: é justo envolver sua amiga numa iniciativa dessas? Eu diria que podemos nos servir da ajuda dela só até certo ponto. Explico melhor: talvez seja mais correto que ela não esteja presente, e portanto não tenha responsabilidades, no momento em que deveremos liquidar Betta.

Por fim: este sistema de nos colocarmos reciprocamente as cartas embaixo da porta não serve. Alguém poderia ver você ou sua amiga circulando pelas minhas bandas (ou o contrário, eu circulando pelas de vocês) e dar com a língua nos dentes. De fato, não creio que Betta aja sozinha, seguramente ela tem colaboradores, informantes. Precisamos encontrar outro jeito de nos comunicar. Nunca mais vou lhe escrever uma carta tão comprida, talvez nestes dois dias eu tenha estado muito sozinho e precisava me desafogar. Desculpe por lhe encher o saco. Naturalmente, você queimará esta carta depois de lê-la. Aliás, como diria Marx (não o de *O Capital*, o outro), seria melhor se a queimasse antes de ler.

Salvo

Saiba que Giorgio Costa é um contador muito meticuloso. E, por isso, trouxe consigo o PC e a impressora.

HAPPY HOUR
de segunda a quinta
18.30 - 19.30
Banho
La Perla
Milano Marittima
Curta o pôr do sol
conosco!
Happy Hour
Coquetel 5 euros
Coquetel Aperitivo 8 euros
Disco funky com DJ Oleg e Mamed
Convidado especial: Les Pétasses dj set

Prezado colega,

desculpe se ainda recorro a uma mensagem enfiada por baixo da porta, mas estou com pressa, encontrei este volante e não tenho tempo de inventar um sistema melhor. Temos novidades, e é urgente que você também saiba delas.

Vá à pensão Esedra (via Paganini, 2), aqui em Milano Marittima, e retire um envelope endereçado a:

DI GENNARO

Atenção, colega: não vá pessoalmente. Mande alguém e cuide para que essa pessoa não seja seguida. No envelope, você encontrará explicações.

Ciao,

Grazia

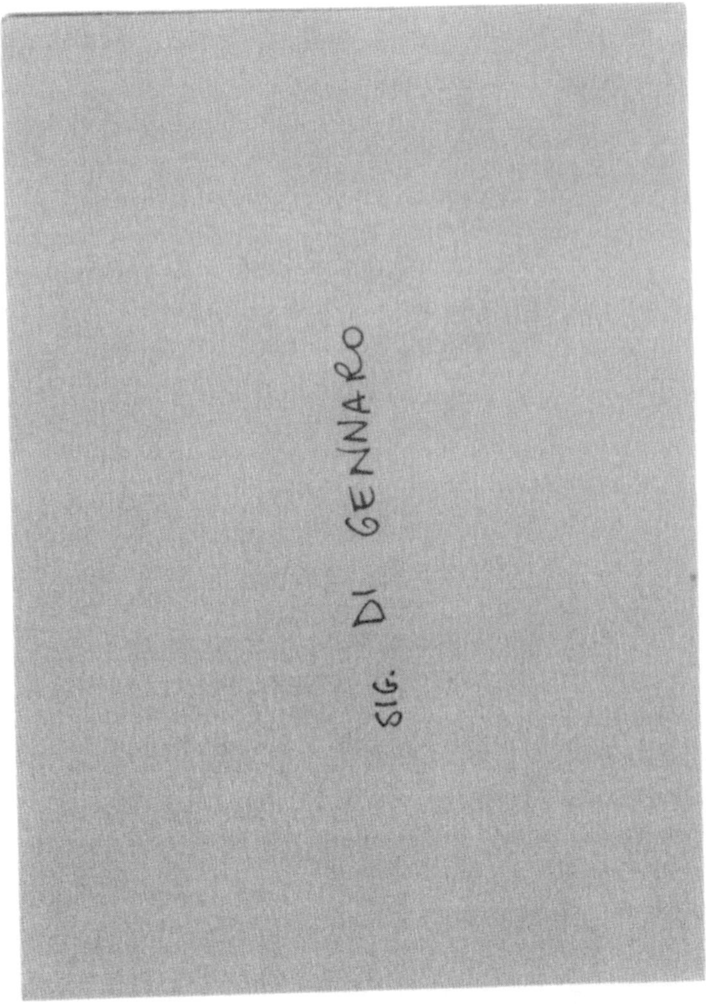
SIG. DI GENNARO

HOTEL ESEDRA
Via Paganini, 2
48016 Milano Marittima (RA) — Italy
info@hotelesedra.com

Prezado colega,

infelizmente, a situação se complicou bastante, e você vai entender em que sentido assim que der uma olhada no material que lhe mando em anexo.

Sabe onde o encontrei?

Na bolsa da Betta.

Eu ainda não tinha lhe dado o endereço dela porque até ontem não o sabia; apenas tinha certeza de que ela não tinha chegado porque estava de olho na área em torno do meu apartamento, segura de que ela viria se plantar nas vizinhanças, como havia feito em Bolonha: e de fato, assim que chegou, flagrei-a (Residence Caraibi, na minha mesma rua). Quis avisar a você, mas depois tivemos outro golpe de sorte.

Uns garotos de motoneta furtaram a Betta perto de onde ela se hospeda, ela correu atrás deles, mas os perdeu, só que a Balbo e eu também estávamos nos arredores. Conseguimos pegá-los mais à frente e recuperamos a bolsinha furtada.

Dentro, além de uns trocados, um batom, um pacote de kleenex e uma penca de chaves, havia estas coisas:

GRAZIA NEGRO

Inspetora-chefe Polícia do Estado, Grupamento Móvel Bolonha

DATA E LOCAL DE NASCIMENTO: 24 de março de 1975, Nardò (prov. de Lecca)

ENDEREÇO: via Battisti, 31, Bolonha (BO)

CEL.: 335.25619007

RELAÇÕES PESSOAIS: SIMONE MARTINI, companheiro convivente

(30 anos, professor, cego)

SALVO MONTALBANO

Comissariado de Polícia de Vigàta

DATA E LOCAL DE NASCIMENTO: 6 de setembro de 1950, Catania

ENDEREÇO: Marinella, Vigàta (Montelusa)

CEL.: 335.13052008

RELAÇÕES PESSOAIS: LIVIA BURLANDO, companheira não convivente, funcionária da SCR Import-Export de Gênova, residente em Boccadasse (GE)

Estamos bonitinhos, não acha? Sim, claro, meio granulados, mas creio que é culpa da transmissão via e-mail (ou talvez a escrota não tenha trocado o cartucho da impressora). E sei lá o que havia me acontecido, para eu ficar com essa cara tão aluada (ou será que a tenho sempre assim?), mas somos nós dois, colega (e nem menciono o fato de eles saberem tudo, inclusive sobre nossos respectivos companheiros), todos dois, colega, você também.

Eles o conhecem e, como vê, estão pensando afetuosamente em você.

Foi por isso que saí do apartamento e não deixei rastros, enquanto a Balbo permaneceu lá, servindo de chamariz. Tenho certeza de que não me seguiram.

Esta noite dormi numa espreguiçadeira na praia (você não imagina o frio), e aqui no Esedra reservei um quarto só para deixar o envelope na recepção. E agora já estou em outro lugar. Uma coisa é ficar ali servindo de isca, outra é se as iscas somos duas. Acaba que eles pegam dois coelhos com uma só cajadada.

Quanto às suas reflexões sobre como "interceptar" Betta: concordo. Uma vez, isso já me aconteceu com alguém que eu não podia prender. Não é algo que eu relembre com prazer, mas ainda estou convencida de ter feito a coisa certa. Antes, porém, queria compreender exatamente o que nos está acontecendo. Até para proteger Simone e Livia. E acho que a canalha é a única em condições de nos dizer isso.

Gostei da sua ideia de surpreender Betta na exposição de peixes tropicais esta noite, mas deveremos fazer umas variações. Agora, meu prezado comissário Montalbano, tanto eu quanto você somos alvos.

Grazia

P.S. Só para empatarmos com nossa amiga, envio-lhe uma lembrancinha por parte da Balboni, que é competente não só para pegar trombadinhas de motoneta, mas também para tirar fotos às escondidas.

Bem na dela, a safada!

Não fique babando muito, colega, e desculpe a impressão em papel, mas não temos os recursos dos serviços.

Assim que eu parar num lugar seguro, informarei você de algum modo. Até lá, veja se lhe ocorre alguma ideia.

Prezada colega Balboni,

sou obrigado a recorrer ao velho sistema da carta metida embaixo da porta, porque não sei o atual endereço de Grazia e tenho absoluta necessidade de dizer a ela algumas coisas. Como na bolsa de Betta não foi encontrada uma ficha a seu respeito, presumo que você não despertou o interesse dela. Portanto, está limpa. E ainda está, fique tranquila, porque eu não vou pessoalmente colocar esta carta embaixo de sua porta, corrompi um garoto (me cobrou dez euros, o veadinho). Se me vissem entrar pelo portão de sua casa, provavelmente eu a comprometeria de maneira irreparável.

A situação não é simples.

Grazia passou para a clandestinidade e eu fiz o mesmo, assim que vi minha foto encontrada na bolsa. De fato, estou lhe escrevendo sentado na sala interna de um café fora de mão. Por acaso, já tinha estado aqui um dia destes, porque vi a tabuleta "Pasticceria Siciliana". Os cannoli são bons.

Fiz amizade com a senhora Giuseppina, proprietária-caixa. A qual acha que eu sou o contador Costa, obrigado a deixar sua terra por estar enfrentando uns probleminhas com a justiça. Pensa que eu tenho alguma ligação com a máfia, e isso a deixou fascinada.

Portanto, você é a única que pode fazer o contato entre Grazia e eu. Como certamente sabe onde encontrá-la, é importante informar a ela, com extrema urgência, que:

1) Esta tarde, na exposição de peixes tropicais, nem eu nem ela devemos dar as caras. Não seria prudente, Betta nos conhece muito bem graças às fotos, embora estas já não se encontrem em seu poder. Proponho que você, prezada Balboni, vá em nosso lugar. Depois nos diga se Betta estava lá e qual era a atitude dela. Além disso, faça para nós uma planta das instalações, dos acessos, inclusive secundários, e nos informe quantos são os vigias e por onde se distribuem.
2) É importantíssimo que, se Betta aparecer, você a siga, quando ela sair da exposição. Precisamos identificar para onde ela vai. E se está só ou acompanhada. Acho que não estará acompanhada, pois gosta de agir sempre sozinha, mas presumo que tenha informantes que a mantêm atualizada sobre os nossos movimentos.
3) Ocorreu-me a possibilidade de Grazia e eu comprarmos dois celulares novos para nos comunicarmos diretamente. Mas, assim como até hoje, eu diria que guiados pelo instinto, não adotamos telefones, nem fixos nem móveis, achei que seria sensato continuar. Afinal,

as interceptações são fáceis demais. Só nos resta você, prezada Balboni. Portanto, entre imediatamente em contato com Grazia e comunique-lhe tudo o que estou dizendo. Peça que ela me escreva a resposta com suas observações e coloque o papel num envelope endereçado ao contador Costa. Esse envelope deve ser trazido por você, no máximo daqui a duas horas, à senhora Giuseppina, caixa do café "Pasticceria Siciliana", à via Moro, 14. Agora, enquanto escrevo, são 11 da manhã. Dentro de meia hora, você receberá esta carta. Portanto, tem bastante tempo. Quando você trouxer a carta de Grazia, eu terei me afastado do café. Voltarei para lê-la e escrever a resposta, que você retirará para levá-la a Grazia. Por isso, me parece conveniente que Grazia, para ganharmos tempo, esteja nas vizinhanças da "Pasticceria Siciliana".

4) Se, na exposição, houver exemplares de Betta Splendens, nossa Betta certamente tentará apoderar-se deles. Para depois fazer meu cadáver e o de Grazia serem encontrados com um monte de peixinhos vermelhos ao redor. Não gosto de peixes vermelhos, adoro os salmonetes. Ela fará a tentativa de furto esta mesma noite, depois que a exposição fechar. E esse será o nosso momento. De fato, o ideal seria pegá-la no local da exposição e encerrar definitivamente a partida lá mesmo. Na casa dela, seria mais complicado.

Não perca tempo e comunique tudo isto a Grazia. Faltam cinco horas para a abertura da exposição. E nós precisamos nos organizar. Obrigado.

ACQUARIA S.P.A.
Exposição e venda de peixes tropicais
Pavilhão 2, estande 128.Vasto sortimento.
Betta Splendens lindíssimos!

Prezado colega,

como eu lhe dizia, não temos os recursos do serviço secreto, só mesmo o computador de Angelica, a sobrinha da Balbo, que pelo menos em graphic design se arranja melhor do que eu.

Até agora a Balboni nos foi utilíssima, e eu sugeriria envolver inclusive a família dela. Além de Angelica, que é uma garota muito esperta, há também a irmã da Balbo e o cunhado, que, segundo creio, podem ajudar. Em quê? Mais tarde eu digo, tenho medo de que você não aprove meu plano e prefiro já lhe chegar com tudo arranjado. Se você achar que não funciona, ainda teremos tempo de recuar.

IL RESTO DEL CARLINO
QUOTIDIANO.NET

Plantão (22h37). FAROESTE ENTRE PEIXES TROPICAIS. *Trágico tiroteio no espaço da via Sempione. Um homem ferido mortalmente. Mistério sobre as causas do conflito a fogo.*

MILANO MARITTIMA — A pronta intervenção de um policial municipal provocou a reação de um homem e uma mulher envolvidos numa tentativa de assalto ou de sequestro — ainda não está claro — na exposição de peixes tropicais. O trágico balanço é o de um homem atingido no coração por um projétil que o matou na hora. Trata-se de... *(continua)*

COMISSARIADO DE CERVIA
GRUPAMENTO MÓVEL

ATA DE DEPOIMENTO TESTEMUNHAL

No ano de 2006, aos 26 dias do mês de julho, às 00h15, na presente divisão, diante do infra-assinado com.-chefe dr. ERALDO BALDINI, oficial de polícia judiciária, compareceu o sr. ERMANNO CANTERINI, melhor identificado nos autos, integrante da Polícia Municipal de Milano Marittima (prov. Ravenna), o qual declarou:

— Encontrava-me na exposição de peixes tropicais organizada à via Sempione, por ser apaixonado pelo assunto, particularmente pelos *Chaetodontidae*, vulgarmente denominados peixes-borboleta, cujo estande mais fornido fica no número 120 do Pavilhão 1. Quando parei a fim de olhar um aquário particularmente bem montado, vi refletida no vidro a figura de uma mulher muito atraente, que se dirigia decidida à entrada do Pavilhão 2.

PERGUNTADO, RESPONDEU: Por atraente, quero significar uma bela mulher com aparente idade de 30 anos, loura, seios fartos, vestida de maneira não chamativa mas sensual, com uma bolsinha a tiracolo. Esclareço que me voltei para olhá-la demoradamente com notável admiração, a ponto de ter notado um pequeno sinal em seu olho esquerdo.

Convidado a retomar a narrativa, declara:

— Na qualidade de agente da Polícia Municipal, eu sabia que o Pavilhão 2 estava vazio, por ser considerado impraticável, e assim tentei chamar a atenção da mulher para avisá-la, mas ela deve ter entendido mal as minhas intenções porque me dirigiu o claro gesto de não importuná-la e, depois de dar uma olhada num folheto que trazia nas mãos, e que me pareceu mostrar um exemplar de *Betta Splendens*, vulgarmente dito peixe-de-briga, prosseguiu seu trajeto, entrando no supracitado Pavilhão.
— A essa altura, reassumindo os deveres de agente de Polícia Municipal, embora estivesse de folga, segui a mulher a fim de intimá-la a sair, mas, ao chegar à soleira, quase me choquei contra duas pessoas que a tinham agarrado e tentavam arrastá-la consigo.

P., R.: Encontrando-se deserto, o Pavilhão 2 estava pouco iluminado e não vi com clareza os rostos deles. Recordo que se tratava de um homem por volta dos 50 anos, careca e robusto, e de uma jovem de seus 30 anos, não muito alta. Ambos usavam roupas esportivas.

— Nesse ponto, segurei a mulher por um braço e me qualifiquei como agente da Polícia Municipal, mas a jovem puxou uma Beretta 92 F e apontou-a para o meu rosto, dizendo-me para "não encher o saco". Instintivamente, agarrei o pulso da jovem e nesse momento a mulher se aproveitou da distração do homem careca para atingi-lo no rosto com o cotovelo e fugir, entrando de volta no Pavilhão 1. O homem se lançou em perseguição à mulher, enquanto a jovem me golpeava com uma joelhada no baixo ventre para se soltar e seguir os outros dois. Ajoelhado no chão, confuso e dolorido, puxei minha pistola regulamentar e dei um tiro para o alto, perdendo os sentidos em seguida.

P., R.: Esclareço que estava em trajes civis e fora de serviço, mas sou detentor de porte de armas e tenho o hábito de circular armado.

P., R.: Tenho conhecimento do apelido de "RAMBO" que me foi dado pelos colegas, mas não o considero depreciativo em absoluto.

Do acima relatado redigiu-se a presente ata, que foi lida, confirmada e assinada.

Anexa-se o laudo médico que constata séria tumefação em ambos os testículos do supracitado ERMANNO CANTERINI.

Ermanno Canterini
Eraldo Baldini

CARABINIERI

POSTO DE MILANO MARITTIMA

RELATÓRIO DE SERVIÇO

O infra-assinado primeiro-cabo GIUSEPPE FERRUCCI, integrante do posto local dos Carabinieri, relata o que se segue:

Em 26/07/2006, encontrava-me em cumprimento de serviço ordinário na exposição de peixes tropicais à via Sempione quando, tendo ouvido um disparo de arma de fogo efetuado contra a entrada do Pavilhão 2, vi três pessoas saírem correndo daquele recinto e virem na minha direção.

A primeira pessoa, uma mulher bastante bonita, de seus 30 anos, passou ao meu lado, deteve-se pouco adiante, puxou uma pequena automática da bolsa e apontou-a para as duas pessoas que a seguiam, um homem careca e uma moça mais jovem.

A mulher deu contra eles três tiros, que não os alcançaram mas atingiram atrás dos dois um grande aquário, provocando a explosão deste.

A mulher recomeçou a correr para a saída da exposição, perseguida pelo homem e pela jovem.

Eu tentei detê-los, mas fui impedido pela repentina aglomeração dos donos do estande e dos passantes acorridos para salvar os peixes tropicais que se debatiam no chão.

Primeiro-cabo Giuseppe Ferruci

x Miserocchi

Misero, não reclame porque você me deve um favor. Portanto, sem chiar, quietinho e resignado, escreva por mim o relatório e eu passo aí para assinar.

Então: inspetor Coliandro,* etcétera etcétera. Temporariamente agregado ao comissariado e designado para o serviço de patrulha por punição (mas isso você não escreve). Eu estava rodando por Milano Marittima, de saco cheio (coloque as palavras adequadas), quando vi uma sujeitinha escapulindo da exposição com uma pistola em punho. Quase não vi o cano, porque a sujeita tem uns peitos, caralho, que mamões, mas depois aparecem um careca e uma mocinha, ambos com o pau-de-fogo na mão, eu freio e saio do carro, grito polícia, normal, e também queria dar meu recado com a pistola, mas me enrolei com o coldre.

---

* Personagem meio trapalhão de Carlo Lucarelli, em livros e sobretudo num seriado de tevê. Em um dos episódios, a trilha sonora incluiu a banda italiana Misero Spettacolo. (N. T.)

A sujeita corre para um automóvel que está do outro lado da rua, e do qual saiu outro careca, um cara corpulento, de barbicha, impermeável branco e também com o parabelo na mão. Todos armados nesta merda, cacete, menos eu.

Assim que grito polícia a sujeita se vira para mim e me dá um tiro, a escrota, e me acerta uma janela da viatura. Eu me cago de medo, é natural, mas sou um policial, o que estou fazendo aqui?, então consigo sacar a pistola e disparo uma rajada na direção do automóvel, porque é ali que ela está entrando, com o Barbichinha já dentro e acionando o motor. Acerto as duas rodas traseiras, queria atingir o vidro de trás, mas tudo bem. O automóvel para, o Barbicha sai atirando e a mocinha o derruba com uma bala em pleno peito. O outro careca abre a porta do carro e puxa pra fora a escrota, olha ao redor e me vê ajoelhado na frente da viatura, porta aberta e chaves dentro. O que eu devia dizer a ele? Eu tinha esgotado o carregador com a rajada, eles estavam com suas pistolas apontando para mim, os filhos da puta, então me afastei e eles foram embora com o automóvel, levando a escrota.

Fim.

Misero, redija isto com as palavras certas, porque sei que se eu mesmo escrever vou fazer uma confusão e acabo me complicando.

Não, Misero, realmente, vamos lá.

C.

PROCURADORIA DA REPÚBLICA
JUNTO AO TRIBUNAL DE RAVENNA
SEÇÃO DE POLÍCIA JUDICIÁRIA

Em anexo, fotocópia do documento encontrado no corpo do homem abatido em Milano Marittima, à via Sempione, 13, em 26 de julho de 2006.

Confirma-se que se trata do coronel da reserva Mario Infante.

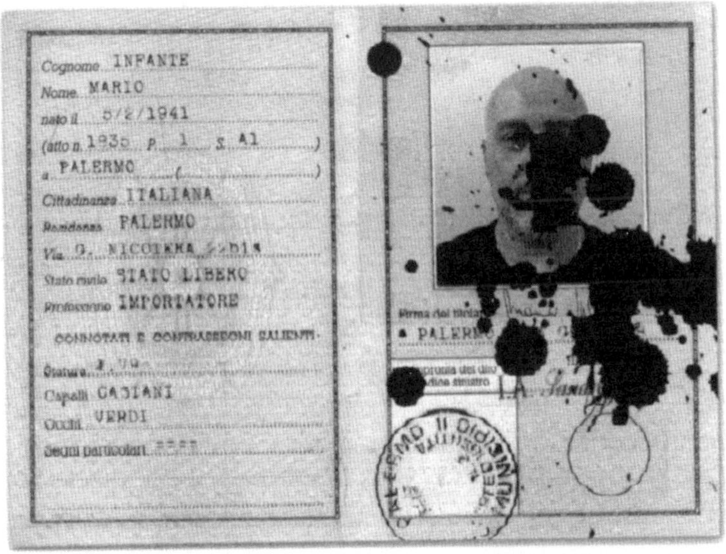
Cognome INFANTE
Nome MARIO
nato il 5/2/1941
a PALERMO
Cittadinanza ITALIANA
Residenza PALERMO
Stato civile STATO LIBERO
Professione IMPORTATORE
CONNOTATI E CONTRASSEGNI SALIENTI
Capelli CASTANI
Occhi VERDI
Segni particolari
a PALERMO

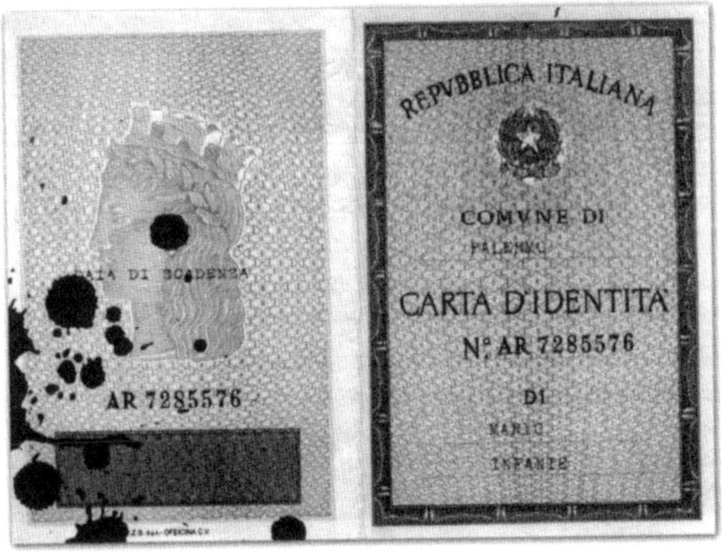
AR 7285576
REPVBBLICA ITALIANA
COMVNE DI
PALERMO
CARTA D'IDENTITA'
N° AR 7285576
DI
MARIO
INFANTE

(*Início da gravação*)

BETTA: (*ao fundo*)... canalhas, filhos da puta, vocês nem imaginam a...

SALVO: Está gravando?

GRAZIA: Agora, sim... acho... sim, a luzinha está acesa.

B.: ... não, vocês nem imaginam a encrenca em que se meteram.

G.: Nós? Encrencados, nós? Quem está amarrada como um salame é você, me parece.

S.: E se a deixarmos aqui ninguém a encontra mais.

B.: Admito, vocês me foderam, foram competentes. Eu tinha mandado uns caras para vigiá-los...

G.: Imagino que ainda estejam lá. Vão ver minha amiga com duas pessoas que se parecem conosco. Recomendei que se movimentassem discretamente.

B.: E a mocinha que me deu o folheto para me induzir a cair na armadilha... muito competente, se ela mandar o currículo nós a contratamos. Bom, vamos ao que interessa: o que vocês querem?

S.: Foi você quem matou o Magnifico?

G.: Aquele dos peixinhos vermelhos... foi você.

B.: É claro. E não foi o primeiro. Mas, queiram desculpar... o que vocês querem é uma confissão? Uma confissão gravada? (Ri.) Sim, matei Arturo Magnifico, dei um porre nele e depois, junto com Mario, sufoquei-o com um Betta Splendens e um saco plástico.

S.: Mario Infante?

B.: Ah, sim, desculpem... devo ser mais precisa. Eu e o coronel fazemos parte... ou melhor, eu faço parte. Ele, eu acho que morreu, pelo jeito como você o alvejou, gatinha... você tem uma boa mira.

G.: Atirei a esmo, sem olhar.

B.: Então, tem talento. Mande o currículo também.

S.: Continue, você e o coronel faziam parte...

B.: De uma estrutura reservada...

S.: Desviada...

B.: ... é a mesma coisa. Magnifico e seu amigo tinham material comprometedor sobre os assuntos de um certo general do serviço secreto e os favores que esse general tinha feito à política, num momento muito difícil para o país. Ele chama isso de patriotismo, mas um juiz comuna diria que era alta traição, e assim, para não arriscar...

S.: Você e Infante intervieram.

B.: Eu me chamo Betta, resolvo problemas. Morto Magnifico, vocês passaram a ser o problema. Primeiro a inspetora Negro, depois o comissário Montalbano. Eu só precisava de um par de Betta Seplendens... droga, aquele folhetinho trazia uma foto tão bonita, eu caí como uma babaca. Mas não me digam que estou aqui, amarrada como um salame, justamente para lhes dizer isso. Vocês já sabiam, imagino. Assim como imagino que essa fita aí não vai servir de nada.

S.: Isso é o que você pensa...

B.: Ora! Até porque não tem valor legal... e tudo o que estou dizendo pode ser desmentido. Ou então abafado. Não, vocês não me trouxeram aqui para ouvir minha confissão, como num romance policial. Agora, o mistério a resolver é outro.

G.: E qual seria?

B.: Vocês me trouxeram aqui para me matar. Sabem que, se me prenderem, as coisas vão acabar como eu estou dizendo. E se eu lhes dissesse que para mim essa história está encerrada, vocês me soltam e pronto, amigos como antes, eu me esqueço de tudo e vocês não sofrerão represálias?

G.: Amigos é o caralho...

B.: Pois é, justamente. Então, para me interceptar, para se livrarem de mim, vão ter que me matar. Mas vocês não são assassinos. Não matam a sangue frio, como eu faço. São policiais. Então, eis o mistério. O que vão fazer? Inspetora Negro, comissário Montalbano, o que vocês vão fazer agora? Vão me matar?

S.: Grazia... desligue o gravador.

G.: Ok.

(Fim da gravação)

IL RESTO DEL CARLINO

MULHER JOVEM, NUA, ATROPELADA E MORTA POR UM MOTORISTA IRRESPONSÁVEL

(Corresp.) — Por volta das 5h da manhã de ontem a senhora Matilde Rossetti, dona de casa, residente em Milano Marittima no segundo piso de um pequeno edifício situado à via La Spiga, 12, havia saído para a sacada a fim de retirar umas roupas do varal quando viu bem no meio da rua, que é estreita, curta e de pouco trânsito, uma mulher jovem, completamente nua, que vagava com passo incerto e cambaleante. Superado o muito compreensível estupor, a senhora Rossetti, munida de um roupão, estava para descer às pressas e levar socorro à moça quando escutou, proveniente da rua, o barulho de um carro em alta velocidade e, um instante depois, uma pancada tremenda. Imediatamente se debruçou de novo e viu, horrorizada, o corpo esmagado da moça, o qual, pela extrema violência do impacto, tinha sido lançado contra a porta de correr de uma loja. Do motorista irresponsável, não havia rastros. A polícia está investigando para descobrir quem é a vítima e identificar o condutor do veículo que a atropelou.

IL RESTO DEL CARLINO

CLAMOROSOS DESDOBRAMENTOS DA INVESTIGAÇÃO SOBRE A MULHER NUA, ATROPELADA E MORTA POR UM MOTORISTA IRRESPONSÁVEL

(Corresp.) — Os depoimentos recolhidos junto aos que assistiram, ainda que parcialmente, ao mortal atropelamento de uma jovem e bela mulher que ontem de manhã, às 5h, perambulava nua pela via La Spiga, em Milano Marittima, deixam entrever um quadro bem mais sombrio de um ato, já em si mesmo atroz, de irresponsabilidade ao volante. De fato, delineia-se a hipótese de um feroz homicídio cometido com fria determinação. O senhor Paolo Timi, morador do número 2 da via La Spiga, declarou ter visto, quando abria o portão para entrar em casa, surgir um casal composto por um cinquentão careca e bigodudo e uma mulher que usava um impermeável. Ao sr. Timi, a mulher pareceu em evidente estado confusional, talvez por droga ou álcool, tanto que seu acompanhante devia apoiá-la o tempo todo. Também a senhora Michela Biancofiore, através das lâminas da persiana, notou a mesma cena narrada pelo sr. Timi, mas acrescentou um detalhe muito desconcertante. Ou seja, que a certa altura o homem careca e de bigode parou, tirou o impermeável da mulher e, com esse traje pendurado no braço, correu em direção à via Enea Ramolla, até desaparecer. Com enorme estupor, a sra. Biancofiore percebeu então que a mulher não usava nem vestido nem roupa íntima. Paralisada pela surpresa, essa senhora então viu chegar da via Ramolla, aquela na qual o careca bigodudo havia sumido um ou dois minutos antes, um carro de alta cilindrada que, em grande velocidade, investiu contra a pobrezinha, atropelando-a e matando-a. A hipótese mais provável é que, ao volante do carro, estava o mesmo homem que a tinha despido. A esta altura, as perguntas que surgem são muitas e complexas. A dinâmica do crime, se é que se trata de crime, parece totalmente inexplicável. Se o homem deixou o carro na via Ramolla, já que não é possível estacionar na via La Spiga, pois isso comportaria a obstrução da rua, por que o assassino despiu a vítima? E por que a vítima só usava o impermeável? E que necessidade havia de que o homicídio ocorresse numa rua relativamente frequentada? A autópsia da vítima, ainda sem identificação, será executada amanhã e servirá para esclarecer se a mulher estava bêbada ou drogada no momento de seu trágico fim. Manteremos os leitores informados sobre os ulteriores desdobramentos do caso.

IL RESTO DEL CARLINO

FURTADO DO NECROTÉRIO O CADÁVER DE UMA MULHER

(Corresp.) — O mistério da jovem, ainda sem nome, atropelada e morta em Milano Marittima, à via La Spiga, por um carro em alta velocidade, parece destinado a complicar-se cada vez mais. De fato, ontem informamos aos nossos leitores que aquilo que se pretendeu fazer parecer um ignóbil ato de barbeiragem escondia, na realidade, um brutal homicídio premeditado. Pois bem, na noite passada desconhecidos penetraram no necrotério, escapando à vigilância do guarda noturno Ettore Vismara, e surripiaram o cadáver da mulher, evidentemente com o objetivo de impedir que o professor dr. Manlio Visibelli executasse o exame autóptico previsto para a manhã de hoje. É opinião comum que o mencionado exame levaria, mediante algum sinal particular, à identificação da mulher. E foi isso que se quis evitar, fazendo desaparecer o corpo dela. O fato provocou enorme celeuma na cidade. A polícia mantém a mais estreita reserva.

PREMIATA
PASTICCERIA SICILIANA
Via Moro, 14 — Milano Marittima (RA)
Tel 0544 34986 — P. IVA* 2700054097

Prezada Grazia, lembra que uma vez eu lhe mandei uns cannoli de que você gostou muito, tendo retribuído magnificamente? Agora, peço-lhe que deguste estas cassatas, que me parecem dignas dos cannoli. Esta tarde voltarei para casa. Foi muito bom ter conhecido você.

S.

---

* Sigla de Partita Imposta sul Valore Aggiunto ("imposto sobre o valor agregado"). Em comparação muito simplificada, corresponde ao nosso CNPJ. (N. T.)

Minha cara amiga,

melhor não poderia ter sido. Creio que tudo se resolveu e não temos mais nada a temer. Estou superconvencido de que os amigos de Betta não podem dar um só passo. No final da tarde de hoje retorno a Vigàta, enquanto você volta para Bolonha e retoma sua vida como se nada tivesse acontecido. Daqui a um mês lhe mando uma carta na qual contarei como foram realmente as coisas com Betta.

Um abraço,

S.

Prezada Grazia,

eu tinha prometido que lhe escreveria um mês depois de voltar para Vigàta, e isso por um motivo muito simples: a prudência exigia que, após os clamorosos fatos de Milano Marittima, não houvesse entre nós dois nenhum contato direto por um certo período de tempo, a fim de nos assegurarmos de que os amigos daquela que foi splendens, e agora perdeu definitivamente o esplendor, não nos identificassem.

Mas sua curiosidade feminina levou a melhor e ontem você me ligou de Bolonha para o comissariado, fazendo-se passar por uma colega "que precisava do relatório para encerrar o inquérito".

Então, segue o relatório.

Antes de mais nada, porém, devo lhe dizer com toda a sinceridade que não gostei da frase final do seu telefonema, evidentemente pronunciada sem pensar, e que soava mais ou menos assim: "Você não acha que passou do limites?"

Fiquei atônito, acredite.

Sua frase significava que você acreditou no que as testemunhas contaram, e que foi relatado por *Il Resto del Carlino*, ou seja, que se tratou de um crime cometido com extrema ferocidade. E o autor desse crime feroz a sangue frio, aos seus olhos, seria eu. Lembre-se de que para mim é bastante difícil atirar, mesmo durante um confronto a fogo, ao passo que para você isso não é nenhum problema, como pude constatar pessoalmente.

Vou lhe dizer como se passaram realmente as coisas.

Como você deve recordar, concluído o inútil interrogatório da splendens, nós dois nos consultamos rapidamente sobre o que fazer e, como nem eu nem você tivéssemos ideias claras a respeito, combinamos ganhar tempo, e que logo em seguida eu retornaria ao local onde mantínhamos Betta a fim de levar alguma comida para ela. O esconderijo era mais do que seguro (você foi competentíssima em encontrá-lo!), portanto podíamos agir com tranquilidade. Enquanto voltava para o apartamento onde estava alojado, eu me repetia as palavras de Betta:

"... para me interceptar, para se livrarem de mim, vão ter que me matar. Mas vocês não são assassinos..."

Tinha toda razão. Fiquei quieto durante uma meia hora, sem conseguir achar uma solução. Depois saí novamente, comprei dois sanduíches de presunto e uma garrafa de vinho, e voltei para onde estava Betta. Quer saber? Encontrei-a como a tínhamos deixado, nenhum sinal de medo ou de cansaço. Tirei-lhe o esparadrapo da boca e ela logo me perguntou, com um sorriso sacana e uma luz divertida nos olhos:

"E então, o que resolveram?"

"Por enquanto, dar comida a você", respondi.

"Obrigada", disse ela. "De fato, estou com um certo apetite."

Como se estivesse num restaurante.

Soltei só um braço dela e lhe dei um sanduíche. Ela o devorou.

A essa altura, perguntei se queria um gole de vinho.

"Não, não, eu sou abstêmia. Queria água."

Eu não tinha água.

"Coma o outro sanduíche, e depois vou lhe buscar água."

Nesse momento, lembrei que ela nos contara ter assassinado o Magnifico depois de fazê-lo encher a cara. Eu queria perguntar de que jeito ela havia conseguido, sem acompanhá-lo na bebida. Mas fui distraído por um repentino acesso de tosse de Betta, que se engasgara com um pedaço de sanduíche.

"Água!", ofegou, meio sufocada.

Imobilizei-lhe o braço e recoloquei o esparadrapo, ainda que ela murmurasse não não não, e saí.

Cheguei correndo ao bar mais próximo e, em vez de comprar uma garrafa de água mineral, ouvi minha voz pedindo uma garrafa de uísque.

Acredite, fiquei surpreso pela minha iniciativa. Não a corrigi porque decidi, na mesma hora, me abandonar ao instinto.

Na volta, finalmente compreendi o que eu tinha em mente.

Embebedá-la de maneira bestial e abandoná-la na rua.

Certamente ela seria resgatada, sem documentos, por alguma patrulha, e levada a um posto de polícia onde, recuperada a razão, teria muita dificuldade de explicar certas coisinhas.

Além disso, eu alimentava a esperança de que pudessem identificá-la como a bela mulher presente na exposição de peixes. Nesse caso, eu tinha certeza de que Betta não se arriscaria a dizer os nossos nomes, porque ela mesma ficaria em perigo. Em suma, meu plano era desmoralizá-la publicamente, queimando-a como agente do serviço secreto, desviado ou não, e assim tornando-a inofensiva.

Quando voltei, encontrei-a com os olhos fora das órbitas, totalmente sufocada. Tirei o esparadrapo e ela conseguiu respirar melhor.

"Água!"

"Beba isto."

E lhe mostrei o uísque. Ela arregalou os olhos e fez repetidamente o sinal de não com a cabeça. Então me plantei às suas costas, apertei-lhe o nariz com os dedos da mão esquerda e, assim que ela precisou abrir a boca para respirar, meti-lhe o gargalo da garrafa na garganta.

Depois de um quarto de garrafa, ela vomitou os sanduíches. Com dificuldade, consegui que engolisse mais um quarto. Depois ficou inerte, bebia mecanicamente. Levei muito tempo para fazê-la terminar a garrafa, porque não queria que a rejeitasse. No final, por segurança, obriguei-a a beber também o vinho todo.

Deixei-a dormir por algumas horas. Depois desamarrei-a, sempre me mantendo em guarda. Não confiava nela, a splendens era capaz de ter fingido o porre e de me abater com um golpe de kung-fu (é assim que se escreve?), à minha menor distração.

Assim que foi desamarrada, caiu da cadeira para o chão. Sua roupa estava suja de uísque, vinho e vômito. Além disso, ela havia feito xixi na calcinha.

Imaginei que, se fosse encontrada nua na rua, seria melhor, tendo em vista a desmoralização.

Então a despi e a fiz vestir meu impermeável. Saímos e, pouco depois, a via La Spiga me pareceu o melhor lugar para deixá-la. Tirei-lhe o impermeável e escapuli.

Isto aí foi tudo o que fiz.

A continuação, eu soube pelo jornal.

Foi realmente um ato de irresponsabilidade ao volante, cometido por um desconhecido, o qual espero que seja logo preso para que você possa eliminar a infame suspeita que está alimentando em relação a mim.

Não posso ter sido eu a atropelá-la, porque em Milano Marittima estava sem carro. Tampouco poderia alugar um, porque para isso é preciso exibir um documento de identidade, e eu não podia deixar ninguém saber que sou o comissário Salvo Montalbano.

E, para evitar ulteriores maus pensamentos, informo a você que nenhum dos meus amigos da Pasticceria Siciliana possui um carro de alta cilindrada.

Repito: quem a matou foi um irresponsável do volante. E tenho igual certeza de que quem sumiu com o corpo do necrotério de Ravenna foram os amiguinhos do serviço secreto, para que ela não fosse identificada. Amiguinhos esses que, se não se apresentaram a você nem a mim de nenhum modo, significa que ou não se importam mais com a splendens ou não sabem onde procurar.

Em suma, creio que estamos definitivamente fora desta história.

O senhor que lhe levará a carta é um vigatense de confiança. Também lhe entregará uma cassata siciliana que você poderá degustar tranquilamente, porque dentro só há mesmo os ingredientes da cassata, nenhuma surpresa de papel. Um forte abraço.

Com afeto,

Salvo

Impressão e Acabamento: Prol Editora e Gráfica Ltda.